Y2 41420

Paris
1834

Hauff, Wilhelm

Contes pour la jeunesse

Torticolis

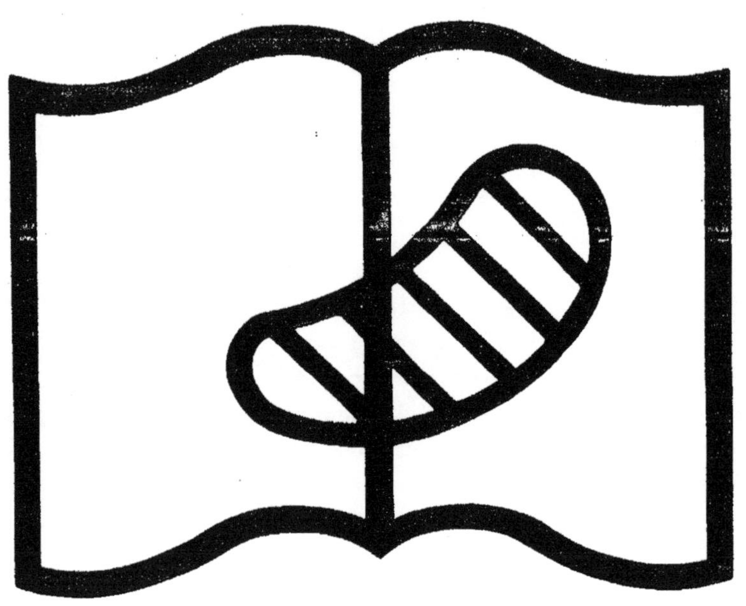

**Symbole applicable
pour tout, ou partie
des documents microfilmés**

Original illisible

NF Z 43-120-10

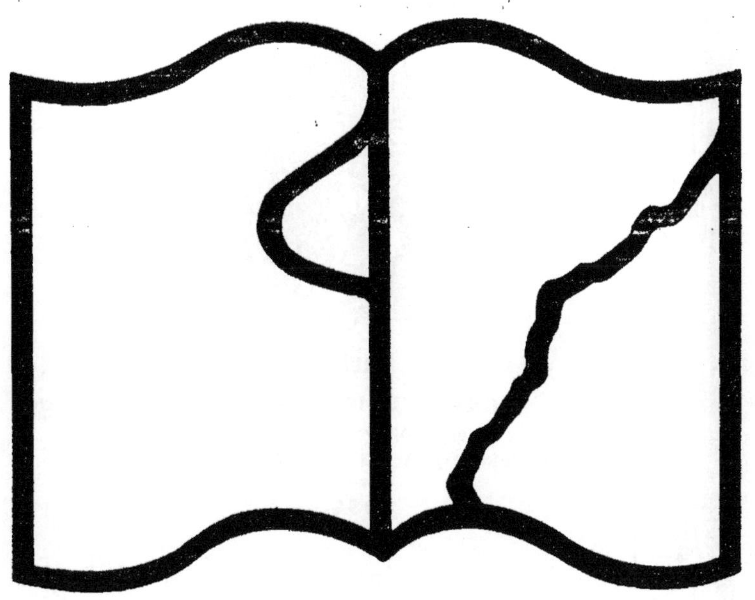

**Symbole applicable
pour tout, ou partie
des documents microfilmés**

Texte détérioré — reliure défectueuse

NF Z 43-120-11

Contes

pour

LA JEUNESSE.

TORTICOLIS.

Paris,

CHEZ FÉLIX ASTOIN,
RUE S.-ANDRÉ-DES-ARTS, 60.
LAVIGNE, QUAI DES AUGUSTINS, 17 bis.

1834.

CONTES

POUR

LA JEUNESSE.

PARIS, IMPRIMERIE DE FÉLIX MALTESTE ET Cie,
Successeurs de Carpentier-Méricourt,
Rue Traînée, nos 15 et 17, près Saint-Eustache.

TORTICOLIS.

CONTES

POUR

LA JEUNESSE,

TRADUITS DE W. HAUFF,

PAR CHARLES DUPERRON.

Torticolis.

PARIS,

CHEZ FELIX ASTOIN,

RUE SAINT-ANDRÉ-DES-ARTS, 60.

LAVIGNE, QUAI DES AUGUSTINS, 17 bis.

1834.

L'éditeur des œuvres complètes de Wilhelm Hauff a pensé qu'il serait convenable d'adopter pour les contes un format mieux en rapport qu'un in-8° avec les volumes qui composent d'ordinaire la bibliothèque des tous jeunes lecteurs.

Ces contes, au nombre de vingt, forment dans l'ouvrage allemand trois séries renfermées chacune dans un cadre intéressant; mais l'éditeur français prendra ses me-

sures afin qu'ils puissent en être
détachés sans inconvénient pour
le lecteur : ainsi l'acquéreur pourra s'en tenir à quelques volumes
ou même à un seul, si cela lui
convient mieux.

Le Scheik

D'ALEXANDRIE.

Ali-Ban, scheik d'Alexandrie, était un homme étrange; son apparition journalière dans les rues de cette ville était pour les habitans un objet constant d'observations et de curiosité; chaque matin il se rendait dans la grande mosquée, afin d'y remplir une des fonctions importantes de sa charge, celle de lire aux fidèles quelques passages tirés du Coran.

La richesse de son costume, les avantages extérieurs de sa personne, frappaient d'admiration au premier abord ; mais, en le regardant mieux, on était plus tenté de le plaindre que d'envier son sort. Son turban de cachemire couvrait un front soucieux, et son cafetan magnifique, ceint d'une écharpe de valeur immense, cadrait mal avec la gravité d'une allure lente, presque machinale.

« C'est un bien bel homme ! disait-on en le voyant, et riche ! riche à millions ; de plus, ajoutait quelqu'un des plus instruits, il est très-considéré du reiss-effendi, du capitan-pacha, et même du sultan ; les missions délicates dont il est chargé le prouvent assez. — Oui, oui, reprenait un autre ; le scheik est comblé de biens et d'honneurs , mais — mais...... Vous savez ce que je veux dire sans doute? murmurait-on à voix basse ; il a bien aussi son fardeau à porter. Qui voudrait changer avec lui ? c'est un homme considérable , mais — mais !....

Ali-Ban possédait une maison superbe sur la plus belle place d'Alexandrie ; une terrasse entourée de marbre, ombragée de palmiers et d'orangers , en ornait la façade ; souvent il passait ses soirées à fumer solitairement en ce lieu.

Ses esclaves, richement vêtus , attentifs au moindre de ses gestes , se tenaient à une distance respectueuse.

L'un portait sa bourse, le second
son parasol; un troisième tenait à
sa disposition du bétel et du sorbet
dans un bocal d'or massif; armé
d'un bouquet de plumes de paon,
le quatrième écartait les moucherons
du voisinage de son maître; parmi
les autres, on distinguait des musi-
ciens, des danseurs, et un lecteur
sans doute, car celui-ci portait sous
son bras plusieurs rouleaux de parchemins écrits.

Cependant tous attendaient vainement les ordres du maître; il ne de-
mandait, ne désirait rien; le chasse-
mouche même lui était inutile, car
il n'entendait pas le bourdonnement
des insectes.

Souvent les passans s'arrêtaient à
l'aspect du somptueux édifice, et

croyaient ne pouvoir se lasser d'admirer dans son ensemble et dans ses détails la belle ordonnance de ce tableau. Néanmoins l'air sombre et triste du scheik sous les palmiers, le regard vague, que la légère fumée de sa pipe semblait seule fixer, dissipaient bientôt le prestige, et l'on s'éloignait en disant : « En vérité, ce richard est plus pauvre qu'un mendiant, car le prophète lui a refusé le don de savoir jouir de sa fortune. » C'est dans cet esprit que quatre jeunes hommes restèrent un soir à le considérer d'un air railleur.

— Par la barbe du prophète ! dit l'un d'eux, cet Ali-Ban est un grand fou ; ah ! si j'avais ses trésors, que j'en ferais un tout autre usage !

Chaque jour, mes amis, bombance, fête nouvelle dans mes beaux appartemens : bientôt, je l'affirme, sous ces voûtes muettes retentiraient les accens du bonheur et de la joie!

— Bon, dit un autre; mais à ce train la joie pourrait n'être pas de longue durée : je ne ferais, moi, à la place de ce personnage là-haut, qu'animer le tableau ; tout ce monde, immobile à présent, soufflerait, gambaderait, s'évertuerait enfin à me divertir, pendant qu'avec la dignité convenable je fumerais tranquillement ma longue pipe et savourerais le délicieux sorbet. Cette vie paisible me rendrait plus heureux qu'un prince.

— Le scheik est savant et passe pour sage, dit un lettré parmi ces jeunes gens, et sa conduite, à mon avis, n'est pas même celle d'une créature raisonnable. Voyez cet esclave chargé de manuscrits, je donnerais mon habit de fête pour qu'il me soit permis d'en lire un seul; et lui! il reste là inerte, fume, et laisse reposer son esprit comme sa personne. Ah! si j'étais à sa place, le gaillard déroulerait bien vite ses parchemins, et lirait à en perdre haleine.

— Que vous vous entendez mal aux combinaisons d'un genre de vie parfaitement heureux! s'écria le quatrième en riant: boire, manger, chanter et danser; parcourir d'ennuyeux moralistes, ou se faire lire de mauvais vers! non, non, ce n'est pas là le bonheur. Si j'étais à la place de ce pauvre homme, dont les écuries sont pleines de chevaux et les coffres d'argent, je ferais le tour du monde; nulle distance ne m'empêcherait d'exploiter ce bel univers! Voilà, voilà, mes amis, l'emploi que je ferais de ma fortune.

— La jeunesse est une belle époque de la vie, dit alors un homme âgé et de peu d'apparence, placé près des interlocuteurs; mais, je dois le dire, la jeunesse est folle et parle à tort et à travers sans comprendre la portée de ses discours.

— Qu'est-ce? s'écrièrent les jeunes gens, surpris de cette apostrophe. Ceci, par aventure, s'adresserait-il à nous, vieux grondeur? Avez-vous la prétention d'arrêter nos critiques, s'il nous plaît d'en faire?

— *Si quelqu'un en sait plus que son*

frère, qu'il lui communique ses lu-mières. Voilà ce que veut le pro-phète, repartit le vieillard. Le scheik, il est vrai, possède de grands biens, mais un motif puissant l'em-pêche d'en jouir. Il n'a pas toujours été triste et taciturne : vif et gai comme la gazelle, il jouissait de la vie et la rendait douce aux autres ; mais alors il avait un fils tendrement chéri et digne de l'être.

— Et ce fils, il l'a perdu, s'é-crièrent les jeunes gens, le pauvre scheik ?

— Il serait consolant pour lui d'avoir son enfant dans les demeures du saint prophète, l'événement qu'il déplore est bien plus funeste. Il y a douze ans, quand les Francs, comme des loups affamés, vinrent se jeter dans nos parages, ils s'emparèrent, à titre d'otage, du jeune Cairam, âgé de dix ans, et l'emmenèrent probablement avec eux dans leur pays lorsqu'ils reçurent l'ordre inopiné de quitter le nôtre. On n'a pu rien apprendre de Cairam depuis cette époque.

—O l'infortuné scheik! s'écrièrent encore une fois simultanément les quatre jeunes auditeurs du vieillard.

— La mère du captif, épouse chérie du scheik, ne put survivre à sa douleur : celui-ci, ne s'abandonnant pas à un vain désespoir, fréta un bâtiment, engagea le médecin franc qui demeure ici près à l'accompagner, et ils partirent pour le Frangistan. Après une traversée longue, ils débarquèrent enfin sur les terres de nos mécréans visiteurs. Là ils trouvèrent tout sens dessus dessous : le pays avait été saccagé par une révolution dont les habitans un peu niais, à ce qu'il paraît, avaient peine à sortir. Après avoir pris très-infructueusement les informations qu'il était possible de se procurer au milieu de ce désordre, le médecin, à la suite de certaines enquêtes inquiétantes de la part de ses compatriotes, conseilla au scheik de se rembarquer au plus vite, s'il ne voulait tomber lui-même dans quelque guet-apens.

Ils revinrent donc, et depuis ce temps toutes ses journées s'écoulent, comme celle-ci, dans le silence de la douleur ; et cela n'est-il pas bien naturel ? Pourrait-il jouir des avantages que donne la fortune quand il est si probable que son fils manque de tout? Il ne trouve d'adoucissement aux déchiremens de son cœur qu'en améliorant le sort de ses esclaves ; il espère qu'Allah en disposera plus favorablement l'esprit des maîtres de Cairam ; il ne manque pas non plus d'affranchir douze esclaves l'anniversaire du jour qui lui a été si fatal.

—J'ai déjà entendu parler de cette circonstance, dit un des jeunes gens. Mais, loin de l'attribuer à une générosité louable, on la met sur le compte d'une étrange manie : on prétend qu'infatué d'histoires extraordinaires, il promet la liberté à ceux de ses esclaves qui en auront conté les meilleures à son gré.

— Sotte version ! reprit le vieillard. J'admets qu'afin d'égayer un peu cette triste journée il cherche à se distraire en écoutant des récits curieux, toutefois sa bienfaisance n'est pas excitée par des motifs si puérils, vous pouvez m'en croire. Cependant la nuit s'avance, je vous quitte. *Salem-Alikoum* (1), que la paix soit avec vous, jeunes hommes, et désormais pensez et parlez mieux du franc et honnête scheik.

Les jeunes gens remercièrent le vieillard de l'explication qu'il avait bien voulu leur donner, promirent en souriant de suivre ses avis, et, après avoir encore jeté un coup d'œil sur le père triste et délaissé, s'éloignèrent de leur côté en disant :

(1) *Salem-Alikoum*, mot turc qui signifie *portez-vous bien et adieu.*

« Non, le sort d'Ali-Ban ne peut être envié. »

A peu d'intervalle du jour où les quatre jeunes gens avaient fait la rencontre du vieillard, le hasard les conduisit de nouveau près de la demeure du scheik; ils se rappelèrent ce qu'on leur en avait appris, et tournèrent avec intérêt des regards curieux vers la maison; mais ils s'attendaient peu à l'aspect qu'elle leur offrit cette fois. Du haut en bas elle était décorée de guirlandes et d'ornemens précieux; des femmes parées se promenaient sur les toits, où l'on voyait flotter d'éclatantes banderolles, et enfin de riches tapis de pieds couvraient les dalles du portique, se prolongeant le long du grand escalier jusque dans la rue.

A la bonne heure ! s'écria le jeune lettré : qu'on vienne encore nous vanter ces gens à grandes douleurs ; voyez comme il a fallu peu de temps à notre scheik pour calmer la sienne. Il va sans doute donner une fête pour remettre son monde et lui-même en haleine.

— Je pense, moi, reprit un autre, qu'il se met en mesure de recevoir la visite de quelque puissance ; tous ces préparatifs semblent l'annoncer : tout cela est si beau, que l'apparition du sultan même ne me surprendrait pas.

— Cependant voici quelqu'un qui nous expliquera cela. Eh ! brave homme ! à nous ! un instant, s'il vous plaît ! C'est ainsi que se mirent à crier nos étourdis en reconnaissant dans le lointain le vieillard d'un des jours précédens. Celui-ci, sans se faire prier, se rendit à leur cavalière invitation, et voici ce qu'il répondit aux questions empressées qu'ils lui adressèrent :

— Des fêtes ! des visites ! sages jeunes gens, vos prévisions sont encore une fois en défaut. C'est aujourd'hui, comme vous devez le savoir, le douzième jour du mois de Ramadan, et c'est à cette date que le jeune Cairam a été conduit au camp des Francs.

—Mais par la barbe du prophète ! observa l'un d'eux, ce que nous voyons là annonce bien plus de joie que de tristesse. Si c'est ainsi que le scheik célèbre ses jours de deuil, convenez-en, le pauvre homme a un petit coup de marteau.

— Toujours des jugemens aventurés, reprit le vieillard en souriant. Du reste, la jeunesse, d'ordinaire, ne se corrige pas du jour au lendemain. Vous saurez donc que le scheik attend son fils aujourd'hui.

— Il est retrouvé ! s'écrièrent les jeunes gens enchantés.

— Point du tout, et sans doute on ne le verra pas ici de sitôt. Cependant voici l'incident qui a changé les dispositions extérieures. Nulle manifestation de fête ne signalait jadis cette époque, elle n'était marquée que par d'abondantes aumônes et l'affranchissement d'un certain nombre d'esclaves. Il y a huit ans qu'un derviche, voyageur excédé de fatigue et de besoin, vint tomber de lassitude auprès de la maison du scheik. Fortifié par les soins qui lui furent donnés, le saint homme s'approcha du scheik et lui dit : « Je connais le sujet de tes peines : c'est aujourd'hui, douze du Ramadan, que tu perdis ton fils ; cependant sèche tes pleurs, ce jour de deuil se changera pour toi en un jour de joie, *car à cette époque même ton fils te sera rendu.* » Voilà l'oracle prononcé par le derviche ; quel bon musulman oserait mettre en doute les assertions d'un prédestiné ? L'espérance rendit désormais la douleur d'Ali moins amère, et, bien que de longues années se soient écoulées depuis cette prophétie, le scheik, croyant fermement qu'elle sera vérifiée, pare sa maison comme s'il était sûr de voir arriver d'un moment à l'autre cet hôte chéri.

—Merveilleux! dit l'écrivain ; cependant que j'aimerais à considérer tous les apprêts d'un si joyeux accueil, à voir de près la figure imposante et triste du père au milieu de tout cet appareil, et surtout qu'il me serait agréable d'entendre les récits qu'on va lui faire!

— Rien de plus facile, répondit le vieillard. Lié depuis long-temps avec le surveillant des esclaves, j'en obtiendrai facilement, j'espère, la permission de vous introduire dans la grande salle, et de vous placer dans le coin qu'il me garde chaque année à moi-même. Rendez-vous ici à la neuvième heure, vous saurez sa réponse. Le vieillard s'éloigna , et laissa les jeunes gens fort contens de son offre.

Ils ne manquèrent pas au rendez-
vous, comme on pense bien ; déjà le
vieillard, dont la requête avait été
accueillie, les y attendait. Il les invita donc à le suivre, et les fit entrer
dans l'intérieur par une petite porte
latérale qu'il ferma soigneusement
après lui. Ils traversèrent ensuite
nombre de salons somptueux et de
galeries avant d'arriver dans le vaste
emplacement où se pressait déjà une
foule considérable. On y voyait quantité de personnages considérables
qui se faisaient un devoir de venir,
ce jour-là, consoler leur ami. Des
esclaves de toutes les nations, dans
leurs costumes respectifs, formaient
un tableau étrange et pittoresque. Au
haut bout de la salle, assis sur un
superbe divan, se trouvaient les pre-

mières notabilités d'Alexandrie ; des esclaves empressés s'occupaient à les servir ; près d'eux, le scheik assis par terre (son deuil ne lui permettait pas de se placer sur le divan), la tête appuyée sur sa main, semblait faire peu d'attention aux consolations qu'ils lui prodiguaient à voix basse. Plusieurs esclaves jeunes et vieux étaient placés en face. L'introducteur des quatre curieux leur apprit que c'étaient là les élus. Il y avait parmi eux quelques Francs ; le vieillard fit remarquer l'un d'eux à ses compagnons. Tout jeune encore, cet esclave était de plus doué d'une beauté surprenante et de la plus élégante tournure. Le scheik en avait tout récemment fait l'acquisition, et, bien qu'il lui eût coûté une somme considérable, il le rendait déjà à la liberté, s'étant fait un devoir de renvoyer dans leur pays tous les Francs dont il pourrait disposer : il espérait obtenir ainsi du prophète la délivrance plus immédiate de son fils.

Lorsqu'on eut fait abondamment circuler des rafraîchissemens dans tous les rangs, le scheik fit un signe au surveillant. Celui-ci se leva, et il régna tout-à-coup un profond silence dans la salle. Il s'approcha des esclaves au moment d'être affranchis, et leur dit :« Hommes qui allez devoir à mon maître, Ali-Ban, le plus précieux bienfait, faites, comme il est d'usage en ce jour, parvenir à son oreille auguste quelques narrations dignes d'être entendues. »

Les esclaves se concertèrent entre eux, puis le plus âgé prit la parole et commença ainsi :

TORTICOLIS.

Ils ont grand tort, seigneur, ceux qui prétendent que la race des fées et des magiciens s'est éteinte avec la souveraineté du grand Haroun-al-Raschild, et plus grand tort encore ceux qui osent mettre en doute la réalité de ces êtres qu'ils appellent imaginaires : aujourd'hui même il en existe encore, et j'ai été témoin naguères d'un fait qui le prouve évidemment; je vais, puisque vous le permettez, le démontrer dans l'histoire suivante.

Dans une ville d'Allemagne, ma chère patrie, vivait, il y a quelques années, un brave homme, savetier de son métier. Durant le jour il se tenait au coin de sa rue, raccommodant bottes et souliers avec une égale dextérité, assez habile même pour entreprendre du neuf quand ses pratiques, ce qui arrivait souvent, lui faisaient l'avance des premiers déboursés. Sa femme, avec laquelle il vivait dans la meilleure intelligence, vendait des fruits au marché; sa boutique était bien achalandée, on aimait à se pourvoir près d'une marchande si propre et si avenante.

Ces deux bonnes gens n'avaient qu'un enfant, joli petit garçon, leste, bien tourné, et assez grand pour son âge, huit ans à peu près. D'habitude il restait près de sa mère au marché, et déjà il avait assez d'intelligence pour remplir dans le voisinage de petites commissions, qu'on prenait plaisir à lui payer en friandises ou autres objets précieux à cet âge.

La femme du savetier était un jour à son poste, comme à l'ordinaire ; l'ordre, la propreté, l'élégance même régnaient dans les corbeilles pleines dont elle était environnée.

Jacquot (c'était le nom de l'enfant), assis près de sa mère, appelait les chalands de sa voix argentine :

« Voyez mesdames , voyez messieurs,
« voyez les maître choux, voyez les
« bons herbages , des poires nou-
« velles, des abricots; achetez, ache-
« tez; ma mère en fait bon marché.»

Aux appels réitérés du petit, une
vieille se mit en devoir de traverser
le marché pour venir le trouver; la
mise de cette femme était plus que
négligée; son petit visage, maigre et
ridé se composait d'une paire d'yeux
éraillés, d'un nez crochu qui, de con-
cert avec le menton, cachait en partie une énorme bouche édentée. La
vieille s'aidait d'un long bâton pour
avancer, et pourtant il était difficile de deviner si réellement elle
s'en servait, tant sa marche était
vacillante et peu sûre.

La femme du savetier considérait la vieille avec attention : depuis tantôt seize ans elle occupait journellement sa place au marché, et jamais elle n'avait remarqué cette étrange figure. En voyant la vieille clopiner de son côté, elle tressaillit involontairement.

— Êtes-vous la fruitière Jeanne? demanda la vieille en s'arrêtant devant ses paniers. — Oui, c'est bien moi, prête à vous servir si vous voulez, répondit l'honnête Jeanne. — Nous verrons, nous verrons; flairons, flairons, examinons si tu as bien ce qu'il me faut. Et la vieille de se pencher sur les paniers, d'y porter deux mains noires et décharnées. de saisir avec ses doigts d'araignée les plantes les plus délicates, et de les passer et repasser sous son grand nez.

3.

Le cœur de Jeanne saignait en voyant traiter ses précieuses denrées avec si peu de ménagemens, mais elle ne disait rien. L'acheteur, pensait-elle, a le droit d'examiner ce qu'il veut acquérir. De plus, il faut le dire, la vieille lui inspirait une sorte de terreur indéfinissable.

Celle-ci en terminant sa revue marmota entre ses dents : « Mauvaises drogues, rien de ce que je voudrais. Que c'était bien mieux il y a cinquante ans ! Drogues, drogues, mauvaises drogues ! »

A ces mots la patience échappa au petit Jacquot. « Vieille sempiternelle ! s'écria-t-il tout courroucé, tu commences par écraser nos belles plantes avec tes doigts noirs, tu les portes ensuite à ton vilain nez, de

sorte que personne n'en voudra plus
si on t'a vue les sentir ainsi ; et
après tout cela tu viens dire que
nous vendons de mauvaises drogues.
Mauvaises drogues, et le maître d'hôtel prend tout chez nous ! Il te vaut
bien le maître d'hôtel du prince ! »

La vieille regarda l'enfant hardi
de travers, rit maussadement, et dit
d'une voix aigre : « Garçonnet,
garçonnet ! donc mon nez ne te
plaît pas ? Peut-être bien pourras-
tu un jour en envier un pareil ? »

En parlant ainsi la vieille s'ap-
prochait clopin clopant d'une corbeille de choux, traitant les plus
beaux comme elle avait fait des sim-
ples, puis les rejeta de même en
grommelant : « Méchante denrée,
détestable denrée ! »

—Mon Dieu, ne hoche pas ainsi la tête : s'écria l'enfant un peu troublé, ton cou mince comme la tige d'un choux monté pourrait bien se rompre, et ta tête tomber dans un de nos paniers. Dam, adieu la vente après ça !

— Les cous minces ne sont pas non plus de ton goût, mon petit ? reprit la vieille en ricanant. Eh bien ! il n'y en aura pas du tout; la tête sera fichée entre les épaules, afin qu'elle ne bouge et reste fixée au petit corpillon.

—A quoi bon toutes ces sornettes ? dit enfin Jeanne dépitée. Si votre intention est d'acheter, allez votre train, et n'écartez pas plus longtemps les autres chalands.

— Bon, qu'il soit fait comme tu

dis, repartit la vieille avec un mauvais regard. Je vais prendre ces six têtes de choux; mais, tu le vois, appuyée sur ce bâton, je ne puis rien porter : permets que le garçonnet s'en charge; il viendra avec moi, et je le récompenserai.

Le petit se refusait à cette invitation, car la laide vieille lui faisait peur, mais sa mère lui ordonna si sérieusement de l'accompagner, qu'il n'osa résister davantage. La bonne fruitière pensait qu'il y aurait de la dureté à se conduire différemment avec une personne si infirme. L'enfant donc, tout en rechignant, se mit en devoir d'obéir, et, son paquet préparé, il suivit la vieille.

L'allure de la conductrice n'était pas leste; il ne leur fallut pas moins de trois quarts d'heure pour arriver dans un quartier solitaire où la vieille s'arrêta devant une maison de mauvaise apparence. Là elle tira de sa poche un vieux crochet tout rouillé, l'insinua dans un petit trou pratiqué dans la porte : celle-ci s'ouvrit aussitôt avec grand fracas.

Cependant quelle fut la surprise de Jacquot en entrant! L'intérieur de cette baraque s'offrit à ses regards magnifiquement décoré ; le plafond, les murs étaient de marbre, les meubles, du plus bel ébène, incrustés d'or et de pierres précieuses ; le cristal formait un parquet brillant sur lequel Jacquot glissa et tomba plusieurs fois.

La vieille cependant prit un sifflet d'argent qu'elle portait sur elle,

et en tira des sons aigus qui reten-
tirent dans toute la maison. Aussitôt
une multitude de cochons d'Inde
accoururent. Jacquot trouva bien
étrange que ces petits animaux mar-
chassent sur leurs pattes de derrière
seulement, qu'ils fussent vêtus
comme des fashionables, et eussent
pour chaussure des coquilles de noix.
« Où sont mes pantoufles, canaille
maudite? cria la vieille en jouant
du bâton de manière à faire bondir
et gindre tout son monde; resterai-je
encore long-temps ici à les atten-
dre? »

Ces valets de nouvelle espèce ne
se le firent pas dire deux fois; ils
sortirent en courant, et revinrent
bientôt avec des pantoufles en noix
de coco doublées d'hermine, qu'ils

mirent avec adresse et promptitude aux pieds de leur maîtresse.

Plus d'irrégularité, plus d'hésitation dans la marche de la dame ; jetant de côté son bâton, elle se mit à parcourir les appartemens en glissant avec rapidité sur les parquets, tout en entraînant Jacquot avec elle.

Enfin elle s'arrêta dans une pièce garnie de nombreux ustensiles, ce qui l'aurait rendue assez semblable à une cuisine, si la table de cèdre et les canapés recouverts de housses superbes n'eussent donné l'idée d'un salon somptueux. « Assieds-toi là, mon petit, dit la vieille bien gracieusement en le rencognant à l'extrémité d'un canapé et plaçant une table devant lui. »

—Assieds-toi, tu as porté un lourd
fardeau ; les têtes humaines ne sont
pas toujours légères, je dis ; non,
non, pas toujours légères.—Tiens !
s'écria l'enfant, que dites-vous donc
là, bonne dame ? ce sont des têtes
de choux que j'ai apportées, vous
savez bien : ma mère vous les a
vendues.

—Eh, eh ! tu n'y comprends rien,
mon petit ! Et en disant ces mots,
accompagnés de son sourire gogue-
nard, la vieille leva le couvercle du
panier et en tira une tête de femme
qu'elle tenait par le chignon.

Jacquot, saisi de crainte à cet hor-
rible aspect, ne concevait rien à ce
qui lui arrivait ; une seule pensée
bien nette l'agitait, le pauvre enfant : que ferait-on de sa mère si

l'histoire de ces têtes se répandait ?

— Il faut encore que je te récompense de ta gentillesse, garçonnet, reprit la vieille après avoir recouvert la tête. Prends patience un petit instant : je veux te préparer un régal auquel tu songeras toute ta vie.

Puis la dame du logis de se remettre à siffler, et ses gens d'accourir. Il se présente d'abord des cochons d'Inde comme tout à l'heure, avec la différence que ces derniers, ceints de tabliers de cuisine, sont armés de coutelas et de cuillères à pot passées dans les cordons. Après eux viennent nombre d'écureuils, pantalons à la mameluck aux jambes, calottes vertes en tête. Ces petits quadrupèdes semblaient faire les fonctions de marmitons, car ils grimpèrent agilement le long des murailles, décrochant casseroles et marmites, et furetant dans les armoires élevées pour aveindre les provisions qu'ils déposaient ensuite sur le foyer. Ici on voyait courir çà et là avec ses pantoufles de noix de coco l'hôtesse elle-même; et Jacquot pouvait juger de l'empressement qu'elle mettait à lui préparer un bon repas.

Bientôt le feu pétille, s'élève, on entend bouillonner; un fumet agréable se répand par la chambre; l'agitation de la vieille augmente; elle va, vient, écureuils et petits cochons à sa suite; et chaque fois qu'elle passe devant le foyer elle met son grand nez dans la marmite. Enfin une vapeur épaisse en sort; la pré-

paration liquide monte, déborde,
l'écume se répand dans les cendres.
Alors la dame l'enlève du feu, et en
met une partie dans une casserole
d'argent qu'elle place devant Jacquot.

— Voici, garçonnet mon ami,
voici, dit-elle; mange, et tu m'en
diras des nouvelles. Il faut aussi que tu
deviennes savant dans l'art de la cuisine; ce don te sera utile, et l'on ne
pourra pas dire que je suis méchante
et vindicative. Cependant l'herbette,
la fameuse herbette ne sera pas plus
visible pour toi qu'elle ne me l'a
été dans les paniers de ta mère.

Le petit, ne comprenant pas grand'-
chose à ce galimatiás, n'en était
que plus attentif à déguster l'excellent mets qu'on lui avait servi.

Sa mère lui en avait souvent préparé de fort agréables, mais jamais de comparables à ceci. Un parfum aromatique s'échappait de la casserole, dont le contenu satisfaisait parfaitement le goût par le plus heureux mélange de doux, d'acide et de spiritueux. Tandis que le petit friand se délectait encore, les petits cochons brûlèrent un encens d'où s'éleva une flamme bleuâtre qui, s'épaississant de moment en moment, retomba en grosses nuées. Cette odeur suffocante étourdit l'enfant; il avait beau se dire qu'il fallait retourner à sa mère, cette idée fugitive était combattue par un assoupissement auquel il résistait en vain : aussi tomba-t-il bientôt dans un profond sommeil.

4.

Des songes étranges vinrent l'assaillir sur son canapé : il lui sembla que son hôtesse substituait à ses vêtemens ordinaires une peau d'écureuil. Alors il se trouva la facilité de grimper, de bondir comme l'animal dont il portait l'habit ; s'associant ensuite avec ses compagnons quadrupèdes, qui se trouvaient être des gens de fort bonne compagnie, il partageait leurs travaux de ménage. D'abord son emploi se borna à cirer les pantoufles de coco de la dame du logis ; comme ce genre d'occupation lui avait été familier chez son père, il s'en tira à merveille. Il lui sembla de plus qu'après une année passée ainsi on le chargea de besognes plus raffinées ; il dut, par exemple, avec d'autres écureuils, s'exercer à saisir dans les rayons pulvérulens du soleil le plus de poussière possible, et passer celle-ci, quand la provision se trouvait suffisante, dans une étamine bien serrée. La vieille, estimant que, nulle poudre n'étant aussi fine, rien ne pouvait procurer un pain plus délicat; en conséquence elle ne consommait que du pain de poussière du soleil.

Il parut ensuite à Jacquot qu'un an plus tard encore on le mettait au nombre des serviteurs destinés à préparer la boisson de la dame; il ne s'agissait point ici d'un liquide ordinaire: bien entendu madame ne trouvait digne d'elle que la rosée des fleurs, et ses échansons étaient obligés chaque matin d'en recueillir dans des coquilles de noix, dont ils se munissaient à cet usage; et comme la vieille desséchée était fort altérée, l'occupation des porteurs d'eau ne laissait pas d'être fatigante.

Après une période toujours d'une année, le service de Jacquot se fit à l'intérieur. Chargé de tenir les parquets propres, il glissait tous les jours sur le cristal d'un appartement à l'autre. Enfin, après quatre ans, il se vit honoré de fonctions plus relevées : il entra dans les cuisines, parcourut glorieusement tous les degrés de la hiérarchie culinaire, et parvint, par un talent dont il s'étonnait lui-même, au grade de chef de cuisine. Pâtés compliqués de quelques centaines d'essences, potages au jus, entrées, entremets, desserts, nul enseignement en ce genre ne déconcertait son intelligence, qui souvent même allait bien au-delà.

C'est ainsi que sept années environ s'étaient écoulées, quand la vieille, un jour, tandis qu'elle ôtait ses pantoufles, prenait son bâton et sa corbeille pour sortir, lui ordonna de plumer un jeune poulet, de le farcir d'aromates, et de le rôtir bien à point, afin qu'elle pût s'en régaler au retour.

Dès qu'elle fut partie, Jacquot se mit en devoir d'obéir. Pour la première fois, lorsqu'il entra dans la chambre aux épices, il aperçut dans un coin reculé de la muraille une petite armoire entr'ouverte. Il s'en approcha, curieux d'en connaître le contenu : c'était une multitude de petites corbeilles exhalant l'odeur

la plus forte et la plus agréable :
Jacquot en ouvrit une, et y trouva
une plante de forme et de couleur
particulières. La tige en était d'un
vert bleuâtre, ainsi que les feuilles,
et, comme une étincelle, brillait à
son sommet une petite fleur rouge
bordée de jaune. Jacquot en considérant cette jolie plante la porta ma-
chinalement à son nez ; en la respi-
rant il lui sembla que le parfum en
était tout semblable à celui du ra-
goût qu'il avait jadis mangé avec
tant de plaisir : un attrait irrésis-
tible le portait à le respirer avec
force. Un éternument subit vint
interrompre cette jouissance, et par
sa violence finit par..... réveiller
Jacquot.

Étendu sur le sopha de la vieille,

il regarda tout étourdi autour de
lui. « La drôle de chose! se dit-il;
peut-on rêver avec plus d'apparence
de réalité? N'aurais-je pas juré que
j'étais un méchant écureuil, le ca-
marade intime des cochons d'Inde et
autres animaux maussades, com-
mensaux de cette maison? N'étais-
je pas convaincu qu'au milieu de
tout cela j'avais acquis un beau talent de cuisinier? Que maman va
rire quand je lui raconterai ce songe!
Mais ne grondera-t-elle pas de ce
que je m'endors comme un benêt
dans une maison étrangère, au lieu
de retourner promptement près
d'elle? » Agité de cette crainte, il
se leva vite pour sortir. Ce sommeil
prolongé semblait avoir engourdi
tous ses membres, et un fort tortico-

sur sa main, elle négligeait son appel ordinaire aux chalands, et Jacquot en s'approchant davantage la trouva plus pâle que de coutume. Il hésitait, ne savait comment il devait l'aborder ; enfin il prit courage, se glissa doucement derrière elle, et dit en posant sa main sur son bras : « Petite maman, es-tu malade ? fâchée contre moi ? »

La fruitière se retourna, mais en le voyant elle fit un haut-le-corps : — Que me veux-tu, horreur ? s'écria-t-elle ; va-t'en , va-t'en ! Je déteste les bouffonneries.

— Mais, ma mère, que te prend-il donc ? demanda Jacquot effrayé. Tu ne te portes sûrement pas bien. Pourquoi donc veux-tu chasser ton fils de ta présence ?

« — Je te l'ai déjà dit, passe ton chemin ! reprit dame Jeanne en colère ; tu ne gagneras rien avec moi, magotin ! »

— Réellement Dieu l'a privée de sa raison, dit le petit tristement en lui-même ; comment ferai-je pour la ramener au logis ? Chère petite maman, sois donc raisonnable ; regarde-moi bien, je suis ton fils, ton petit Jacquot !

— Certes, la plaisanterie devient par trop impudente. Et Jeanne de crier à ses voisines : Voyez-moi cet épouvantail ; il reste là, effarouche les acheteurs, et se fait un jeu de mes peines ; il me dit, le vilain qu'il est : Je suis ton fils, ton Jacquot.

Les voisines tout d'une voix se mirent à clabauder, à crier contre

le misérable qui osait rire du mal-
heur de la pauvre Jeanne, privée depuis sept ans d'un charmant garçon
qu'on lui avait enlevé ; et, si le mal-
encontreux railleur ne disparaissait
sur-le-champ, tous les ongles du
marché allaient s'imprimer sur sa
chienne de figure. C'est ce qu'on
lui assura de tous côtés.

Le pauvre Jacquot restait tout
interdit, et ne savait que penser de
ce qui lui arrivait. La journée semblait à peu près s'être passée pour
lui comme à l'ordinaire ; il récapitu-
lait : sorti de bonne heure avec sa
mère, il lui avait aidé à arranger sa
boutique ; il était ensuite allé chez
la vieille, y avait fait un bon déjeûner, un petit somme, et se retrouvait à son poste avant la fermeture

du marché ; et pourtant sa mère, les voisines parlaient d'une longue absence, et elles l'insultaient à l'envi les unes des autres.

Il y avait de quoi en perdre la tête !

Aussi Jacquot désolé, voyant que décidément sa mère ne voulait plus entendre parler de lui, se retira le cœur gros, les yeux pleins de larmes, et se dirigea vers le coin de rue où son père travaillait de jour.

« Voyons, se dit-il tristement, s'il ne voudra pas non plus me reconnaître. » Arrivé près de l'échoppe, il s'arrêta sur le seuil de la porte entr'ouverte, et regarda dans l'intérieur.

Le savetier, travaillant avec ardeur, ne leva les yeux que long-temps après, portant un regard machinal vers la porte: —Dieu de Dieu! que vois-je? s'écria-t-il avec un accent de terreur, en s'arrêtant tout court.

—Bonjour, mon maître! dit le petit en entrant tout-à-fait; comment vous va?

— Couci couci, mon petit monsieur! reprit le savetier revenu de sa surprise; l'ouvrage commence à me fatiguer. Je suis seul et me fais vieux, et pourtant payer un garçon est au-dessus de mes moyens.

— Mais n'avez-vous pas un jeune fils, que vous puissiez styler peu à peu à la besogne? demanda encore l'autre.

— J'en avais un; mon Jacquot serait à présent un gaillard agile, d'une vingtaine d'années, dont le secours me serait bien nécessaire. Eh là ! que nous serions heureux ! A douze ans déjà il se montrait aussi adroit qu'intelligent, et de plus il était beau et agréable. Quelle clientelle il m'aurait attirée ! Cependant ainsi va le monde.

— Mais où est-il donc ce fils ? demanda Jacquot d'une voix tremblante.

— Dieu le sait : il y a tantôt sept ans qu'on nous l'a dérobé !

— Sept ans ! reprit Jacquot rempli d'effroi.

— Oui, mon petit monsieur, sept ans ; je me rappelle, comme si c'était hier, le désespoir de ma femme en revenant du marché, où elle l'avait vainement attendu tout le jour. Du reste, j'avais toujours pensé qu'il en irait ainsi: Jacquot était rempli de gentillesse; la vanité de sa mère trouvait son compte aux éloges que l'on donnait à l'enfant; elle l'envoyait volontiers faire des commissions dans de grandes maisons. Jusque là c'était bien; le petit revenait toujours les mains pleines. Toutefois je disais : Prends garde! la ville est grande, il y fourmille de mauvaises gens; gare, gare à Jacquot! et j'avais raison. Arrive une fois la plus dégoûtante chalande; elle tripote les marchandises, obstine ma femme et mon enfant, finit pourtant par tant acheter qu'elle ne peut emporter ses denrées. Ma femme, la bonne ame, lui donne son petit pour l'aider, et depuis n'en a plus rien revu.

— Et il y a de cela sept ans ?

— Sept ans vienne le printemps. Nous avons, dans le temps, fait annoncer partout la perte du petit, nous l'avons demandé de maison en maison ; on nous a aidé à le chercher : tout cela fut inutile. La vieille qui l'avait emmené était inconnue à tout le monde ; une seule personne de près de cent ans prétendit que ce pourrait bien être la méchante fée *Botanique*, qui vient tous les demi-siècles s'approvisionner de plantes de toutes espèces en ville.

C'est ainsi que parla le père de Jacquot, tout en frappant la semelle sans désemparer.

Les yeux du pauvre Jacquot se dessillèrent enfin, il comprit que ce qu'il avait pris pour un rêve était une fatale réalité ; il avait donc perdu au service de l'infernale vieille sept belles années de sa vie. La colère et l'amertume d'une profonde douleur remplissaient son cœur prêt à se briser. Que lui restait-il de ce beau rôle qu'on lui avait fait jouer si long-temps? une grande adresse à frotter les chaussures de noix de coco, la faculté d'entretenir très-proprement les parquets en cristaux, et l'avantage d'avoir été initié par les cochons d'Inde à tous les secrets d'une cuisine raffinée. Ces tristes réflexions l'absorbaient tout entier, quand son père lui demanda enfin :

— Pourrais-je vous être bon à quelque chose, jeune monsieur? De jolies pantoufles? voici du maroquin ; ou bien, ajouta-t-il en souriant,

préférez-vous que j'en fasse un étui
pour votre nez?

— Que voulez-vous dire? Je ne
conçois pas la plaisanterie.

— Soit, soit, chacun son goût ;
toutefois j'affirme que, si j'avais un
pareil nez, il serait bientôt coffré
dans un bel et bon étui de maroquin,
voire même de basane ; car, j'en suis
sûr, mon jeune monsieur, vous co-
gnez partout ce trait respectable de
votre visage.

Jacquot tout interdit porta rapi-
dement la main à sa figure, et dé-
couvrit pour la première fois qu'en
effet son nez, de prodigieuse dimen-
sion, avait au moins dix pouces de
long! La vieille lui avait donc aussi
ravi, avec tant d'années, les agrémens de sa figure! c'est donc là le

motif qui l'avait rendu méconnais-
sable aux yeux même de sa mère,
qui l'avait déjà mis en butte à tant
d'insultes !

— Maître, dit-il en retenant ses
larmes avec peine, n'auriez-vous
pas à proximité quelque miroir dans
lequel je puisse me regarder?

— Petit monsieur ! petit monsieur ! repartit gravement le savetier, on vous pardonnerait moins qu'à
un autre de tourner à chaque instant
les yeux vers une glace ; croyez-moi,
renoncez à cette sotte habitude.

— Ah! je vous prie, laissez-moi
me voir dans un miroir , insista
Jacquot.

— Bah ! laissez , laissez donc ,
bel enfant ; est-ce que je m'amuse à
avoir des miroirs, moi? Ma femme en

a bien un petit, qu'elle cache je ne sais où, mais, si vous voulez absolument satisfaire cette fantaisie, voilà Urbain, mon voisin le barbier, il y a chez lui une glace deux fois grande comme vous, et voilà. En finissant ces mots, le père de Jacquot, qui avait quitté sa sellette, poussa doucement celui-ci dehors, ferma la porte sur lui, et reprit son tire-pied.

Son fils cependant traversa tristement la rue pour se rendre chez le barbier, qu'il avait connu jadis.

—Salut, Urbain, dit-il en entrant; je viens vous prier de me rendre un service: permettez-moi de me regarder dans votre glace.

— Très-volontiers, dit le barbier en riant; et les pratiques qui se trouvaient dans la boutique de rire avec

lui. Vous êtes un joli garçon, svelte
et bien tourné, un col de cygne,
des mains à la reine et un petit nez
des plus fripons; tous ces avantages
vous donnent le droit d'être fier, il
faut l'avouer; cependant avancez
toujours, il ne sera pas dit que par
envie je vous ai empêché de vous
mirer chez moi.

Ces saillies du barbier excitèrent
une vive hilarité parmi les assistans;
mais Jacquot, ne s'en laissant pas au-
trement déconcerter, s'approcha du
miroir, y jeta un coup d'œil inquiet
et recula épouvanté. « Ah! pauvre
mère! se dit-il, sans doute tu ne
pouvais plus reconnaître ton Jacquot
ainsi bâti; et qu'il y a loin de cette
figure à celle dont tu étais si vaine!»
Et en effet c'était bien différent. A

peine voyait-on ses deux petits yeux
rapprochés ; son nez nous est connu ;
quant au cou, il semblait avoir été
totalement enlevé, car la tête tenait
aux épaules, et ce n'était pas sans
de grands et pénibles efforts qu'il
parvenait à la tourner un peu à
droite et à gauche. Il n'était pas plus
haut de taille que lors de sa métamorphose ; mais la croissance que
prennent ordinairement les enfans en
hauteur, Jacquot l'avait obtenue en
circonférence, et ressemblait assez à
un sac court, mais bien rempli. A ce
gros buste placé sur de petites jambes grêles, peu en mesure de le porter, étaient attachés des bras d'une
longueur prodigieuse, terminés par
des mains dont les doigts serpentans
touchaient la terre quand il les

laissait pendre naturellement à ses côtés.

C'est ainsi que Jacquot était changé ; il ne restait du joli enfant qu'un nain hideux. Il se rappela cette matinée où la vieille femme s'était approchée des paniers de sa mère. Tout ce qu'il avait alors critiqué d'elle se retrouvait en lui : grand nez, mains d'araignée, et, pour plus de vengeance, au lieu du cou branlant elle ne lui en avait pas laissé du tout.

— Eh bien ! mon prince, vous êtes-vous suffisamment miré ? dit le barbier en s'approchant et le considérant des pieds à la tête ; il faut le dire, l'imagination la plus féconde ne produirait rien d'aussi grotesque. Cependant, mon petit homme, j'ai une proposition à vous faire. Ma boutique depuis peu est moins achalandée qu'à l'ordinaire ; cela vient de ce que mon voisin le barbier a déterré je ne sais où un grand diable de géant qui lui attire nombreuse compagnie. Belle merveille un géant ! mais vous, ah ! c'est autre chose vous ! Entrez à mon service, mon petit homme, vous serez hébergé à bouche que veux-tu, l'entretien à l'avenant, et le profit pas moindre.

Jacquot, révolté à l'idée de servir d'enseigne pour amorcer les chalands du barbier, sentait pourtant qu'il n'avait d'autre parti à prendre que de cacher un dépit que rien ne semblait justifier : il répondit donc froidement à cette proposition insultante qu'il n'avait pas de temps à perdre ainsi, et cela dit, il chemina plus loin.

6.

Bien que la mauvaise fée eût eu le pouvoir de bistourner à plaisir le pauvre Jacquot, elle n'avait rien pu sur son esprit; et il le sentait bien. Sa raison supérieure avait pris tout son développement; aussi gémissait-il bien moins de la perte de ses agrémens naturels que de se voir méconnu et mis durement à la porte par son père. Cette pensée était accablante; il résolut de faire encore une tentative près de sa mère.

Il retourna donc au marché, demanda et obtint un moment d'audience. Il rappela l'époque de sa disparution et mille petits incidens antérieurs relatifs à son enfance, raconta ensuite sa captivité durant sept ans sous la figure d'un écureuil, et ajouta que la méchante fée lui avait

facilité les moyens de s'évader, afin
sans doute qu'il pût se montrer dans
le monde avec toutes les défectuosi-
tés dont elle l'avait doté en mémoire
des observations critiques qu'il s'était
permises dans son enfance sur sa
figure à elle-même.

La mère ne savait plus trop que
penser ; tout ce qui concernait l'enfance du petit se trouvait parfaitement juste ; mais, quand il parlait de
son service d'écureuil, elle s'écriait
que c'était impossible, qu'il n'exis-
tait point de fée ; et, quand elle le
regardait, elle prenait le nain en
dégoût, et ne pouvait admettre la
pensée qu'il était son fils. Elle se
détermina pourtant à en délibérer
avec son mari. Après avoir promptement ramassé et resserré ses mar-

chandises, elle dit au nain de la suivre, et marcha droit à l'échoppe du
savetier.

— Tiens, lui dit-elle en entrant,
ce magot prétend qu'il est notre fils.
Il m'a conté bien en détail l'enlève-
ment de notre pauvre Jacquot, et
comme quoi ensuite il a été changé
en écureuil, et comme quoi enfin il
il veut prouver, comme deux et deux
font quatre, que c'est lui qui est
Jacquot.

—Ah! il veut le prouver! repartit
le savetier en colère. Attends, vi-
père! Je lui ai tout conté moi-même,
il y a une heure, et il court te leur-
rer! Tu as été métamorphosé, mon
petit? attends, je vais te désenchan-
ter, moi! En disant ces mots, il
réunit une poignée de lanières, s'é-

lance sur le nain, et lui en applique de si rudes coups sur ses grosses épaules et ses grands bras, que le malheureux ne put retenir des cris de douleur et s'enfuit en pleurant.

Dans cette ville, comme dans beaucoup d'autres, il est peu de personnes assez charitables pour venir au secours de l'infortune quand elle est accompagnée de quelque ridicule. C'est par ce motif que le malheureux nain dut se passer de nourriture pendant tout le jour, et que, le soir venu, il ne trouva pour asile que le péristyle d'une église.

Cependant, lorsque les premiers rayons du soleil l'eurent réveillé le jour suivant, il songea sérieusement aux moyens qu'il pourrait mettre en usage pour subvenir aux besoins de sa misérable existence.

Il était trop fier pour chercher à gagner sa vie en paradant avec sa burlesque figure ; mais que faire ? Tout-à-coup il se rappela que pendant sa vie d'écureuil il avait fait de bonnes études pratiques dans l'art culinaire ; pensant avec raison qu'il pouvait se mesurer avec maints cuisiniers célèbres, il prit la résolution de faire usage de ce talent. En conséquence, dès qu'il eut fait sa prière dans l'église, et que les rues commencèrent à s'animer, il se mit en devoir d'exécuter son dessein.

Le prince souverain du pays, gastronome par excellence, faisait venir à grands frais des cuisiniers de toutes les parties du monde. C'est vers son palais que se dirigea le nain.

Lorsqu'il se présenta aux portes extérieures, les gardes l'interrogèrent, et, comme de raison, se moquèrent de lui. Déjà fait à cet accueil, Jacquot répondit avec calme aux questions d'usage, et demanda le maître d'hôtel. Ils rirent, et le conduisirent dans l'intérieur en traversant les cours. Chacun en le voyant s'arrêtait, riait et s'adjoignait au cortége ; le tapage qui s'ensuivit, renforcé de moment en moment, attira sur le grand escalier, auquel tout le monde était parvenu, l'intendant du palais. Son front sourcilleux se dérida à la vue de l'étrange créature ; toutefois il interposa son autorité pour écarter la foule empressée, et demanda au nain dans quel but il venait montrer ici sa figure originale.

Jacquot répondit qu'il désirait offrir ses services au maître d'hôtel.

Tu te trompes, l'ami, c'est au surveillant en chef, à moi, que tu veux
parler sans doute, afin que j'utilise
tes agrémens naturels en te faisant
donner le titre de nain du prince?

— Nullement, seigneur! Je suis
cuisinier de mon métier; une pratique prolongée m'a mis en état de
pourvoir la table la plus délicate. Si
vous daignez me recommander au
maître d'hôtel, peut-être s'applau-
dira-t-il de m'avoir employé.

— Comme tu voudras, petit; du
reste, tu m'as l'air un peu niais; dans
la cuisine! Comme nain en titre, la
plus douce oisiveté serait ton partage; boire, manger, dormir, être
vêtu comme un prince. Cependant
nous verrons; ton talent culinaire
sera sans doute insuffisant pour le

poste élevé auquel tu aspires. Après ces mots l'intendant conduisit l'aspirant dans les appartemens du maître d'hôtel.

— Gracieux seigneur, dit Jacquot à celui-ci en s'inclinant si profondément que son nez rasait le tapis de pieds, n'auriez-vous pas besoin d'un cuisinier habile ?

Le maître d'hôtel le considéra un instant, puis partant d'un grand éclat de rire : Quoi ! s'écria-t-il, toi cuisinier ! mais, pauvre drôle, nous n'avons pas un foyer qui ne te dépasse de beaucoup, quand il serait possible même de te faire sortir le cou des épaules ! Va, mon cher, ceux qui t'ont adressé à moi ont voulu rire à tes dépens. Et M. le maître d'hôtel de se dilater la rate de plus belle, et M. l'intendant d'en faire autant, ainsi que tous les valets présens.

Jacquot toutefois ne se découragea pas. Un essai, c'est tout ce que je demande, répliqua-t-il ; donnez-moi à faire un mets quelconque avec les ingrédiens nécessaires, et il sera confectionné avec célérité sous vos yeux, et vous direz assurément : C'est un bon cuisinier, tout magot qu'il est, c'est un excellent cuisinier. A ce raisonnement Jacquot en ajouta beaucoup d'autres ; et il faisait bon voir pendant son plaidoyer le jeu de sa physionomie ridicule, et la grâce avec laquelle ses longs doigts d'araignée accompagnaient ses paroles.

— Soit ! dit enfin le maître d'hô-

tel en prenant le bras de l'intendant ; soit ! donnons-nous-en le plaisir : allons mettre notre brave à
l'œuvre.

Après avoir parcouru diverses
salles et galeries, ils arrivèrent aux
cuisines. Ce lieu comprenait un édifice
entier supérieurement disposé, vingt
foyers sans cesse en activité, une eau
limpide servant aussi de réservoir et
courant au milieu de la pièce cen-
trale ; des buffets de marbre et de
bois rares contenant les provisions
journalières, et dans dix salles laté-
rales un amoncellement de tout ce
qui peut flatter le palais. Des valets
en grand nombre, armés de casseroles, de chaudrons, de cuillères, de
fourchettes, couraient, se croisaient
dans tous les sens. Mais, à l'entrée

du maître d'hôtel, chacun resta immobile, et l'on n'entendit plus que le pétillement du feu et le murmure du ruisseau.

— Quels sont les ordres du prince pour le déjeûner d'aujourd'hui? demanda le maître d'hôtel à un vieux cuisinier chargé de ce repas du matin.

— Son Altesse a daigné demander le potage danois et les boulettes rouges de Hambourg.

— Bon, dit le maître d'hôtel en s'adressant à Jacquot : as-tu entendu ce que le maître veut pour déjeûner? Te crois-tu de force à préparer ces mets compliqués? Prends-y garde, la façon des boulettes rouges est difficile et peu connue.

— Bagatelle ! repartit le nain à

la surprise générale, bagatelle ! Que l'on me donne simplement pour le potage tel et tel légume, cette épice et puis cette autre, de la graisse de sanglier, des racines et des œufs. Quant aux boulettes, dit-il plus bas et de manière à n'être entendu que du vieux cuisinier, il faut employer, pour qu'elles soient parfaites, quatre espèces de viande, un peu de vin, de la graisse d'oie, du gingembre et une certaine plante que l'on nomme *reconfortus*.

— Par saint Bénédict ! quel magicien t'a pris en apprentissage ? s'écria le cuisinier. Il n'a rien oublié, en vérité, et de plus il parle d'une plante qui réellement doit rendre la combinaison bien plus heureuse encore. O surprenant génie !

— J'en suis tout abasourdi vraiment, dit l'intendant. Cependant mettons-le à la besogne; qu'on lui donne ce qu'il demande, et qu'il expédie promptement le déjeûner de Son Altesse.

On lui apporta en effet ce qu'il voulait, et le tout fut disposé sur les fourneaux : mais il se trouva qu'en effet le nain pouvait à peine atteindre jusqu'au foyer. Cependant on eut bientôt improvisé un échafaudage, et le petit homme se mit prestement à l'ouvrage.

Un grand cercle, composé de tous les agens culinaires du palais, se forma autour de lui : chacun admirait son adresse, sa propreté, le fini enfin de ses procédés préparatoires. Quand les choses en furent au point

où il voulait, il fit mettre les casseroles sur les fourneaux, et recom-
manda une cuisson soutenue et bien
régulière jusqu'au moment où il
donnerait le signal d'arrêter. Il se mit
ensuite à compter sur ses doigts :
un, deux, trois, ainsi de suite jusqu'à cinq cents ; alors il leva la
main d'une façon péremptoire, les
casseroles furent enlevées, et Jacquot invita le maître d'hôtel à goû-
ter.

Le cuisinier se fit apporter une
cuillère d'or, la rinça dans le ruisseau, et la présenta au majordome.
Celui-ci s'approcha du foyer d'un
air solennel, prit et goûta des mets,
ferma les yeux, et fit claquer sa
langue de plaisir. — Délicieux ! par
la vie du prince, délicieux ! dit-il

ensuite. A vous, M. l'intendant, prenez, prenez, et vous m'en direz des nouvelles ! Celui-ci s'inclina, prit la cuillère, et s'écria, transporté après avoir goûté : Sans vous offenser, maître Ragot, jamais vos potages et vos boulettes n'atteignirent ce degré de perfection ! Le cuisinier prit à son tour, et, avec une grandeur d'ame digne d'éloges, il secoua la main du petit Jacquot, et lui dit d'un ton presque respectueux : Oui, tu es maître passé dans l'art divin que nous professons ; ta plante fait merveille.

Dans ce moment, le valet de chambre du prince vint annoncer que Son Altesse ordonnait de servir sur-le-champ. Aussitôt les deux mets en question, placés sur des plateaux d'argent, furent portés au prince. Cependant le majordome emmena Jacquot dans sa chambre pour s'entretenir avec lui. A peine toutefois la conversation s'engageait-elle, qu'un messager vint appeler le maître d'hôtel de la part du prince. Après avoir endossé à la hâte son habit de cérémonie, celui-là sortit en courant.

Le prince paraissait de fort belle humeur, il avait fait absolument plats nets, et s'essuyait la bouche quand le maître d'hôtel se présenta.

— Majordome, mon ami, lui dit-il avec une grande bienveillance, jusqu'à présent j'ai toujours eu lieu d'être satisfait des officiers de bouche de ton choix, mais aujourd'hui l'un d'eux s'est surpassé : lequel, dis-moi, a préparé mou déjeûner? Jamais, depuis que j'occupe le trône de mes ancêtres, je ne mangeai rien d'aussi bon! Je veux connaître cet homme habile et le récompenser.

— Cette histoire est des plus singulières, seigneur, repartit le maître d'hôtel. Et, après avoir obtenu la permission de conter, il fit part au prince de tous les détails que nous connaissons sur l'admission d'un nain à la haute faveur dont il avait fait un si digne usage.

Le souverain, extrêmement surpris, voulut voir lui-même l'étrange créature : on la lui amena aussitôt.

En réponse aux questions que lui adressa le prince sur ses précédens, le pauvre Jacquot ne pouvait guère donner une explication positive ; il se

contenta donc, pour ne pas trop s'é-
carter de la vérité, de dire qu'il était or-
phelin de père et de mère, et qu'une
vieille femme lui avait donné le talent qu'il possédait. Le prince n'en
demanda pas davantage, et se délecta
dans la contemplation de son nouveau cuisinier.

— Reste à mon service, lui dit-il
après cet examen curieux ; je te ferai
compter cinquante ducats par an ;
tu recevras en outre un habit de
gala et deux belles paires de haut-de-
chausses. Par contre, tu prépareras
toi-même mon déjeûner de chaque
jour ; mon dîner se confectionnera
sous tes yeux. Enfin, mon cher, tu
feras de ma cuisine ta seule affaire.
J'ajoute, pour dernière instruction,
qu'il est d'usage dans mon palais que

chacun reçoive de moi un nom particu-
lier : je te donne donc celui de Torticolis, avec le grade de chef de cuisine.

Torticolis baisa les pieds de son
puissant protecteur, et jura de le
servir en bon et féal cuisinier.

Voilà donc notre héros en assez
bonne posture ; et certes il fit honneur à la fortune, car on peut assu-
rer que son maître fut un tout autre
homme du moment qu'il eut Torticolis à son service. Jadis il arrivait
souvent à Sa Grandeur de jeter les
plats qu'on lui apportait à la tête de
ses gens : son majordome même
reçut un jour, au beau milieu du
front, un pied de veau qui n'était
pas grillé à point. Le pauvre homme
en garda le lit pendant trois jours.
Le prince, il est vrai, réparait d'or-

dinaire ses brusqueries par quelques
libéralités ; mais ses officiers de
bouche n'en tremblaient pas moins
quand il s'agissait de le servir. L'apparition du nain avait changé cet
état de choses comme par enchan-
tement. Bien qu'au lieu de trois
repas le prince en prît cinq à
présent, jamais le moindre nuage
ne venait les troubler. Non, loin de
là, il trouvait tout nouveau, excellent : son humeur était charmante,
et son embonpoint de jour en jour
plus remarquable.

Souvent, dans l'excès de son ravissement, il faisait appeler le majordome et Torticolis, plaçait l'un
à sa droite, l'autre à sa gauche, et
de sa propre main leur mettait dans
la bouche quelques ragotons pré-

cieux : haute faveur que ses convives appréciaient comme ils le devaient.

Le nain avait une réputation prodigieuse en ville ; chacun désirait voir cette merveille à l'œuvre, et surprendre quelqu'un de ses procédés. C'était un revenu pour tous les gens de la cuisine, à qui Torticolis abandonnait les cadeaux qu'on voulait lui faire. Il parvenait ainsi à amortir la jalousie de ses rivaux.

C'est ainsi que deux années s'écoulèrent paisibles et honorables pour lui. Le souvenir de ses parens troublait seul sa tranquillité. Rien de remarquable jusqu'à l'incident suivant ne vint rompre l'uniformité de son existence et de ses occupations durant cet intervalle.

C'était surtout dans le choix des

morceaux que brillait Torticolis. Il allait, en conséquence, autant que le lui permettaient ses autres fonctions, faire lui-même les emplètes délicates au marché. Il se rendit donc un jour, à la Vallée, afin d'y choisir un oison selon la fantaisie de son maître. Il avait déjà plusieurs fois parcouru les rangs en examinateur expérimenté : sa figure, loin d'exciter ici les railleries, lui attirait des marques de distinction ; elle annonçait le célèbre cuisinier du prince, et chaque femme du marché se trouvait honorée quand il tournait son grand nez vers elle.

Il n'avait pas encore fait de choix, lorsqu'il aperçut dans un coin reculé une marchande qui n'appelait pas les chalands comme ses compagnes.

Les oies de cette femme se recommandaient en effet assez d'elles-mêmes. Torticolis s'approcha, les trouva telles qu'il le désirait, en choisit trois qu'il acheta avec la cage ; puis, plaçant le tout sur ses larges épaules, il se mit en devoir de retourner au palais. Tout en cheminant, il observait que deux de ses oies seulement caquetaient et criaient, comme il est d'usage parmi les animaux de cette espèce ; la troisième, au contraire, gardait un morne silence, qui n'était interrompu que par de légers gémissemens. Celle-ci m'a l'air toute malade, se dit-il à lui-même ; il faut se dépêcher d'arriver pour l'expédier promptement. Cependant l'oie répondit à cette pensée : *Si le cou me tord , le nain veut sa mort.* Tout effrayé, Torticolis posa la cage par terre, et l'oie en soupirant le regardait de ses jolis yeux doux et spirituels.— Mille pestes ! s'écria le nain, vous ne dégoisez pas en oison, madame ; c'est fort étrange, je dois le dire. Là , là, ne vous effrayez pas ; pourtant on sait vivre : un aussi bel oiseau n'a rien à craindre de moi. Cependant je parierais que vous n'avez pas toujours été ainsi emplumée.

— C'est très-vrai, repartit l'oison ; je ne suis certes pas née sous cette enveloppe dégradante. Ah! qu'à mon berceau on était loin d'imaginer que Mimi, la fille du grand Watterbock, serait occise dans la cuisine d'un prince allemand !

— Mais soyez donc tranquille,

ma chère demoiselle Mimi, reprit Torticolis touché ; sur ma parole d'honnête garçon et de chef des ateliers culinaires de Son Altesse, personne ne portera la main sur votre joli cou. Je vous préparerai un domicile dans mon propre appartement ; la plus délicate nourriture ne vous sera point refusée ; je passerai avec vous mes momens de loisir, et je dirai que j'engraisse avec des aromates précieux une oie destinée à la table du maître ; et, à la première occasion favorable, je vous donnerai la clef des champs.

Toute émue, l'oie témoigna sa reconnaissance ; et Torticolis se conduisit ainsi qu'il l'avait dit. Mimi semblait aux yeux des autres réservée pour quelque grand gala. Une

douce intelligence s'établit entre le
protecteur et la protégée ; ils se ra-
contèrent mutuellement leur lamen-
table histoire ; et c'est ainsi que Torticolis apprit que Mimi était la fille
de l'enchanteur Watterbock, qui de-
meurait dans l'île de Gotland. Il
s'était pris de querelle avec une
vieille fée ; celle-ci, après être par-
venue par ruse et malice à subju-
guer l'enchanteur, se plut à méta-
morphoser sa fille et à la conduire
au loin pour la dépayser entière-
ment.

Lorsque Torticolis eut terminé le
récit de ses propres aventures, l'oie
lui dit : Je ne suis point étrangère à ces choses : mon père, autant
qu'il l'osait, nous avait donné, à
mes sœurs et à moi, quelques no-

tions cabalistiques. La circonstance de la querelle près du panier de ta mère, ta subite métamorphose après avoir respiré certain aromate, quelques mots aussi prononcés par la vieille, me prouvent qu'elle t'a jeté le *sort aux herbes,* c'est-à-dire que, si tu trouves l'herbe à laquelle a pensé la fée en faisant ses conjurations, tu pourras revenir à ton état naturel. L'espoir qu'on lui donnait là parut peu satisfaisant à Torticolis; car où trouver la plante salutaire sans nulle sorte d'indication? Il remercia pourtant, et se promit de ne pas négliger cet avertissement.

Dans le même temps à peu près, le prince reçut la visite d'un souverain de ses amis. Il fit en conséquence appeler Torticolis, et lui dit :

Le moment est venu de me prouver si tu es bon serviteur, comme je le pense, et passé maître dans ton art. Le prince mon hôte, momentanément, partage avec moi la réputation de fin gastronome ; c'est entre nous une noble émulation, et je compte sur ton talent pour faire pencher la balance de mon côté. Que des combinaisons nouvelles excitent chaque jour son admiration et sa surprise ; et surtout, il y va de ma faveur, garde-toi de faire servir deux fois le même mets. N'épargne rien, je te donne plein crédit sur mon trésorier ; et, dusses-tu faire décomposer de l'or et des pierres précieuses, tout est à ta disposition. Mieux vaut être appauvri qu'avoir à rougir devant ce terrible rival.

Voilà ce que dit le souverain ; Torticolis comprit l'importance de l'instruction, et jura d'y être fidèle.

Rempli d'une noble ardeur, le nain se mit en besogne. Il n'épargna ni les trésors de son maître ni ses peines : enveloppé d'une épaisse vapeur du matin au soir, il agissait sans relâche, faisant retentir la voix impérieuse du commandement sous les voûtes où il régnait en maître.

Je pourrais, seigneur, faire comme ces conducteurs de chameaux qui se complaisent dans le détail minutieux de banquets superbes offerts aux héros des histoires qu'ils content aux voyageurs pour les distraire. Ces récits excitent si bien les désirs et l'appétit de l'auditoire, qu'involontairement même on fait décharger les chameaux et servir un repas dont les conteurs partagent amplement les délices. Moi, cependant, je dédaigne de pareils moyens.

Le prince étranger avait déjà passé joyeusement chez son ami quinze jours dans la bombance et les plaisirs : on ne faisait pas moins de cinq repas par jour, et l'amphi-tryon, lisant sur le front de son con-vive une approbation tacite, applau-dissait de tout son cœur au talent de Torticolis. Toutefois, voulant obtenir des éloges directs, il s'avisa un jour de faire venir le pain et de le pré-senter à l'étranger en lui demandant s'il était content de son gentil cuisi-nier. — Je dois en convenir, dit le convive étranger, tu sais satisfaire dignement le palais des souverains mêmes. Depuis mon séjour ici la variété et l'excellence de tes services ne se sont pas démenties une seule fois ; mais pourquoi, dis-moi, retardes-tu tant l'apparition du roi des mets, le pâté *suzerain* ?

Le nain tressaillit, car jamais il n'avait entendu parler de ce pâté ; il se remit pourtant, et dit : O seigneur, j'espérais voir long-temps encore ta face resplendissante réjouir la demeure de mon maître ; c'est ce qui m'a empêché de servir ce régal plus tôt. Avec quoi en effet couronner mieux mon hommage ?

— Comment ? dit le seigneur et maître en riant, tu attendais donc ma mort pour saluer notre séparation de même ? car jusqu'à présent tu ne m'as pas fait la grâce de pla-

cer cette merveille sur ma table.
Cependant songe à une autre manière de prendre congé; car demain même je veux que ce pâté
paraisse au dîner dans toute sa splen-
deur.

Il sera fait ainsi que tu dis, seigneur, répondit le nain ; et il sortit.

Cependant cette feinte assurance
cachait un trouble extrême, car
l'heure de l'infortune et de la honte
semblait devoir sonner pour le pauvre Torticolis.

N'ayant nulle donnée sur la con-
fection du fameux pâté, il se retira
dans sa chambre pour se livrer sans
contrainte à tout son désespoir.

Cependant Mimi, qui avait la permission de se promener dans l'appartement, s'approcha doucement de lui

en s'informant du sujet de sa peine.
— Sèche tes pleurs, lui dit-elle après
avoir ouï l'explication ; souvent cette
pièce était servie sur la table de
mon père, et je sais à peu près de
quoi elle se compose. Mimi donna
la recette ; le nain sauta de joie, bé-
nit le jour où il avait sauvé l'oison,
et courut s'occuper du pâté *suzerain*.
Il fit d'abord un échantillon qu'il
trouva délicieux ; le maître d'hôtel
en jugea de même.

Dans la matinée suivante, le pâté
artistement dressé, tout chaud encore, et orné de guirlandes, parut
sur la table des princes. Torticolis,
voulant jouir de l'effet qu'il produirait, mit son habit de gala, et s'in-
troduisit dans la salle au moment
même où le maître d'hôtel, armé

d'une petite pelle d'argent, le servait aux convives.

Le maître de Torticolis en mordit
un bon morceau, leva les yeux au
plafond, et s'écria après avoir avalé :
Ah! ah! ah! que c'est à juste
titre qu'il est nommé roi des pâtés!
Mais aussi mon nain est le roi des
cuisiniers, convenez-en, cher ami ?

Celui-ci pourtant n'en avait pris
qu'un peu au bout de sa fourchette,
et mâchonnait en silence d'un air
railleur et mystérieux. La chose
n'est pas mal imaginée, dit-il enfin
en repoussant son assiette, mais ce
n'est pas là le vrai suzerain ; je
m'en doutais.

Le front du maître se plissa, il
rougit de dépit. Bourreau de nain !
s'écria-t-il, comment as-tu osé me

faire cet affront ? J'ai bonne envie d'abattre ta grosse tête pour avoir inventé cette méchante ratatouille. Abstenez-vous-en, ô seigneur ! dit le tremblant Torticolis ; j'ai observé toutes les règles prescrites dans mon art, je vous le jure.

— Tu mens, drôle ! s'écria le prince en le repoussant du pied ; mon hôte ne dirait pas que le mets est incomplet si tu avais fait ton devoir. C'est toi qui seras haché comme chair à pâté et mis au four.

— Miséricorde ! s'écria le nain en rampant sur ses genoux vers le difficile convive, dont il embrassa les pieds. Dites ce qui manque à ce mets pour le rendre digne de votre bouche auguste. Ah ! ne me laissez pas mourir pour une dose plus ou

moins forte de farine ou autre in-
grédient !

— Pauvre Torticolis, reprit le
prince étranger en riant, je pensais
bien que jamais tu ne parviendrais,
à cet égard, à la perfection de mon
cuisinier. Il te manque pour cela
une plante inconnue ici, la plante
fumési; sans elle la combinaison est
fade, et jamais ton maître ne la
mangera comme moi.

A ces mots, l'autre altesse, ou-
trée, les yeux étincelans de colère,
s'écria : Je la mangerai quand
même, morbleu ! car, je le jure sur
ma parole de souverain, le pâté bien
complet figurera ici dès demain, ou
la tête de ce misérable ornera la
grille du château. Chien ! je te donne
encore une fois vingt-quatre heu-

res, mais c'est là ton dernier répit.

Après avoir entendu cet arrêt foudroyant, le nain se retira et fut conter sa nouvelle déconvenue à son amie l'oie, déconvenue, dit-il, qui le conduirait à une mort certaine, car jamais il n'avait entendu parler de l'herbe en question.

— N'est-ce que cela ? reprit l'oison ; ah ! il m'est facile de venir à ton secours, mon père m'ayant appris à connaître toutes les plantes. Toutefois tu aurais bien pu y laisser ta peau, mon pauvre ami ; car celle-ci ne fleurit qu'en pleine lune ; grâce au ciel, nous y sommes. Cependant as-tu observé s'il se trouve de vieux châtaigniers dans les environs du château ?

— Oui, sans doute, dit Torticolis

un peu allégé ; tout près d'ici , non loin du canal, on en voit un groupe considérable ; mais à quoi bon ?

— Ce n'est qu'aux pieds des vieux châtaigniers que croît l'herbe qu'il nous faut, reprit Mimi. Ne perdons pas de temps, prends-moi sur tes bras, tu me poseras à terre quand nous serons dehors, et je t'aiderai à chercher.

Torticolis obéit aux injonctions de son amie, et ils se dirigèrent ensemble vers les jardins. Partout à présent le pauvre Torticolis rencontrait des figures rébarbatives ; sa disgrâce déjà connue le rendait l'objet d'une rigide surveillance. Il était absolument défendu de lui laisser franchir l'enceinte du palais ; et, comme les murs étaient excessivement élevés, il n'y avait pas moyen de songer à la fuite.

Les châtaigniers heureusement se trouvaient dans le parc, sur les bords du canal. Dès qu'il eut placé sa compagne avec précaution sur le sol, elle se mit à courir de ce côté. Il la suivit, le cœur oppressé ; c'était là sa dernière espérance. Si la plante ne se trouvait pas, le parti de Torticolis était bien pris ; il se précipiterait dans l'eau pour éviter le cruel supplice dont il était menacé. Cependant l'oie cherchait en vain ; elle rôdait sous les arbres, retournant chaque brin d'herbe avec son bec ; rien ne se montrait, et elle commençait à désespérer ; car déjà le jour baissait, et les objets autour d'elle devenaient difficiles à reconnaître.

Dans ce moment d'angoisses, les regards du condamné, en se portant de côté et d'autre, rencontrèrent encore un vaste châtaignier planté sur la rive opposée. Il fit part de sa découverte à l'obligeant oison, qui s'empressa de suivre cette indication ; mais le déclin du jour et l'ombre projetée par l'arbre rendaient l'obscurité complète. Cependant l'oie s'arrêta soudain, battit des ailes, insinua promptement sa tête sous l'herbe, et cueillit quelque chose qu'elle présenta agréablement au nain avec le bec, en lui disant : Voici la plante ; et il en croît ici une telle quantité, que tu n'en manqueras jamais.

Torticolis considéra l'aromate avec attention ; le doux parfum qui s'en

exhalait lui rappelait involontairement l'instant de sa métamorphose ;
la tige et les feuilles, d'un vert
bleuâtre, étaient surmontées d'une
fleur rouge bordée de jaune.

— Le ciel en soit béni mille fois !
s'écria-t-il avec transport. Oui, ma
chère, je le crois, c'est la vertu de
cette plante qui a opéré ma seconde
et triste métamorphose ; dois-je faire
l'essai d'une réhabilitation ?

— Pas encore, dit la prudente
oie ; prends de cette herbe dans tes
poches, allons chez toi, faisons un
paquet de ton argent et de tes effets,
et alors seulement nous éprouverons
la puissance du talisman.

Ils s'acheminèrent vers le palais,
et le cœur de Torticolis battait à se
faire entendre. Après avoir réuni et

empaqueté ce qu'il possédait, il dit :
Avec l'aide de Dieu je serai bientôt
affranchi ; et il enfonça son nez
dans le paquet d'aromates, et il as-
pira de toutes ses forces.

Alors ses membres craquèrent ; il
sentit sortir sa tête de ses épaules,
et, baissant les yeux sur son nez,
il le vit se rapetisser de moment
en moment ; son épine dorsale,
sa poitrine s'aplanirent, et ses jambes s'allongèrent en belles propor-
tions.

L'oie considérait tout cela avec
ravissement. Ah ! que tu es grand !
que tu es beau ! s'écria-t-elle. Dieu
merci ! il ne te reste plus rien de ta
figure précédente. Jacquot enchanté
joignit les mains et pria. Cependant
l'ivresse du bonheur, loin de l'étour-

dir sur ce qu'il devait à Mimi, lui fit sentir vivement le besoin d'en témoigner sa reconnaissance. Bien que son cœur le portât à se rendre près de ses parens, il réprima ce désir, et dit à sa compagne : A qui dois-je, sinon à toi, la félicité d'être revenu à mon état naturel ? Tu m'as probablement sauvé la vie même ; je le reconnais et veux m'acquitter. Je te reconduirai à ton père ; versé dans les sciences occultes, il te désenchantera facilement.

L'oison, se pâmant d'aise, accepta la proposition. Jacques, qu'il était impossible de reconnaître, s'esquiva facilement avec sa compagne, et se dirigea vers les bords de la mer, où se trouvait le pays natal de celle-ci.

Que vous dirai-je encore? Leur
voyage fut heureux; Watterbock
rendit à sa fille tous ses agrémens,
combla Jacquot de présens en s'en
séparant. Ce dernier revint dans sa
patrie, où ses parens reconnurent
avec bonheur le beau jeune homme
pour leur fils. Jacquot avec les présens de Watterbock acheta un fonds
de magasin qui prospéra, et rien désormais ne troubla sa félicité.

J'ajouterai qu'après leur départ il
régna une grande confusion dans la
maison du prince. Celui-ci, très-dé-
terminé à faire exécuter la sentence
prononcée la veille, se trouva fort dé-
sappointé à l'annonce de la dispari-
tion du nain. De plus, son hôte royal
prétendit que l'évasion du cuisinier avait été favorisée, afin de le

retrouver au besoin ; il accusa son rival de félonie, et lui déclara la guerre.

C'est là l'origine de cette guerre mémorable connue sous le nom de *la guerre aromatique*. Maints combats furieux se livrèrent ; néanmoins, comme cela se pratique, la paix s'ensuivit ; et chez nous ce traité s'appelle *la paix du pâté*, parce qu'au festin on vit briller le suzerain dans toute sa gloire. Et, comme les événemens précédens avaient rendu le prince chatouilleux sur le point d'honneur, il se résigna à trouver excellent le pâté préparé par le cuisinier de son rival.

C'est ainsi que les plus petits incidens amènent parfois de vastes résultats : conclusion rebattue, mais

dont la vérité est tellement consta-
tée, que vous daignerez me la par-
donner, ô seigneur !

FIN DE TORTICOLIS.